I0533131

La cousine Entropie

Ils ont dit...

Monarque des glaces

"Une aventure de pure science-fiction, inspirée par la mondialisation, notamment des pouvoirs politiques, et par les changements climatiques"

– Carlos Bergeron, Lettres Québécoises 140, 2011

"Le prix spécial « Monarque des Glaces », de Michèle Laframboise, sans doute le plus beau texte, crépusculaire, triste, et tragique."
– Quoideneufsurmapile.com

"A gripping and harrowing tale of a future Earth where climate change has completely changed the planet... Laframboise's tale is rich in vivid, evocative details."
– Maria Haskin.com

Michèle Laframboise

La cousine Entropie

Une histoire de fin d'univers

Echofictions

Collection Echovisions

La cousine Entropie©Copyright 2017 Michèle Laframboise

publication originale dans Géante Rouge 23, 2015

Tous droits réservés. Ce livre est réservé pour votre usage personnel. Celui-ci ne peut être reproduit, en entier ou en partie, sans la permission de l'auteure. Toutefois, il est permis d'utiliser de brefs extraits pour des articles, critiques ou documents scolaires.

Design de couverture: Echofictions
Photo originale : gracieuseté de la NASA - collision de deux galaxies-
Dessins intérieurs par Michèle Laframboise
Photographie de l'auteure @Gilles Gagnon

Ce livre a été publié par : Echofictions
Mississauga, Ontario
www.echofictions.com

ISBN 978-1-988339-71-9 (imprimé)

Cet ouvrage est une œuvre de fiction. Toute ressemblance avec des personnes, des lieux ou des événements réels ne saurait être qu'une coincidence.

Table des matières

Finaliste aux prix Bob Morane 2016

Finaliste aux Prix Boréal 2017

La cousine Entropie

Parfois, je pense que le travail de Dieu s'est limité à roter notre univers avec une puissance infinie, puis à le laisser se gonfler tout seul comme un ballon.

En une fraction de seconde, la matière comprimée a libéré ses enfants, par vagues, les plus turbulents d'abord, les neutrinos qui ne savait pas se tenir, puis les photons.

Le ballon est devenu transparent.

En gonflant, la soupe aux quarks s'est refroidie assez pour former des atomes et des étoiles.

Avec le rot divin ont été éjectées des lois, attachées comme des étiquettes à notre gros nuage en expansion. Parmi elles, les cousines Enthalpie et Entropie qui se mêlent de tout.

Leur empreinte est omniprésente, sur les atomes fraîchement formés au coeur des étoiles, sur les trous noirs, sur les galaxies, sur les nuages de poussières, sur les planètes, enfin, y compris celle qui a vu notre race naître et partir.

La cousine Enthalpie est sage comme une image mais bourrée d'énergie. Elle donne exactement ce qu'elle a reçu. Je l'imagine, grande et dorée, un visage d'une parfaite symétrie. Les savants de toutes époques lui doivent respect et locomotion.

Par contre, la cousine Entropie...

Elle, c'est la gaspilleuse, qui profite de nos échanges d'énergie pour en escamoter une petite partie, un peu comme un pourcentage que les banques prélevaient sur les transferts de fonds. Elle ne redonne que du désordre.

C'est comme laisser sa petite soeur jouer dans une chambre bien rangée et retrouver plus tard toutes ses affaires en tas au milieu.

Dans mon imagination, Entropie est une bouche gourmande aux lèvres rouges comme le sang (qui n'existe plus sous cette forme depuis vingt milliards d'années) qui aspire l'énergie comme avec une paille. Seulement une bouche : pas de dents, pas de langue, pas d'yeux.

Car si elle avait des yeux, cette cadette de la thermo-dynamique verrait le cul de sac cosmologique auquel mène son oeuvre.

Je la déteste.

Entropie n'est pas méchante en soi. Hélas, le désir de perfection la ronge. La cousine Entropie veut rendre tout égal, uniforme, morne.

Et froid.

෯෪

C'EST ELLE QUI EST responsable de mon état.

Et de l'état de l'univers surgonflé, qui, par la grâce de la cousine Enthalpie, se refroidit à mesure qu'il grossit.

Et qui, par la disgrâce de la cousine Entropie, se laisse tomber en décadence, brouillant les frontières des classes de particules. Entropie siphonne la chaleur des noyaux d'atomes lourds qui n'ont même plus assez d'énergie résiduelle pour se casser (dans tous les sens du terme).

C'est elle qui accélère la chute des températures vers le point de non retour, quand tous les noyaux d'atomes dériveront, désorganisés et solitaires, dans un vide au zéro absolu, leurs électrons collés sur eux comme un manteau glacé.

Un vide propre, sans ondes, sans rayonnement fossile.

Sans vie.

D'aussi loin que ma vue porte, le paysage a perdu ses brillantes étoiles. Même les naines rouge, ces quidams omniprésents dans notre défunte galaxie, ont l'air de faibles lanternes.

D'ailleurs, elles commencent à s'éteindre, ces lanternes, les plus proches ont entrepris une ronde fatale qui les fracassera contre le vaste trou noir sous mes pieds.

J'y danse aussi, même si, à vrai dire, je n'ai plus de pieds.

Bon, je me maintiens quand même à distance prudente du trou noir (faut pas déconner, comme disait un historien), soit sa limite de rétention des photons.

Un effet curieux de danser si près de la limite, c'est que, veut, veut pas, le temps coule plus lentement pour moi et plus vite pour le reste de l'univers.

❧❧

UN DE MES COPAINS a décidé d'en finir avant que la cousine Entropie ne le refroidisse pour de bon.

Il a franchi la limite et s'est laissé tomber vers le coeur noir de la galaxie, regard tourné vers l'extérieur.

Il a eu le temps de nous dire à quel point c'était beau, de voir les étoiles restantes s'agiter comme des mouches, de suivre leurs translations et rotations, de plus en plus rapides...

J'ignore s'il était encore entier quand les étoiles se sont éteintes.

Si j'ajuste mes lunettes et que j'y pointe un laser précis, la lumière rebondit sur son corps arrondi qui est, pour moi, toujours en train de tomber.

Il n'est pas seul d'ailleurs.

Le nombre de corps célestes ou post-humains ag-glutinés à la limite de la sphère obscure est si grand qu'il forme un vortex de souvenirs lumineux.

J'ai dit il, j'aurais pu dire elle ou *ellui*. Ces considéra-tions genrées n'ont plus cours parmi les Décollés.

❧

Je compte mon âge en milliards d'années, une unité désuète vu que le vieux soleil a terminé sa vie de façon grandiose, emportant planètes intérieures et saisons dans le néant. Même son résidu, une minuscule étoile naine, a fini par se refroidir en une boule noire et muette.

C'est à peine la durée a un sens quand le centre d'une Galaxie jadis vibrante n'est plus qu'un océan de poussières mortes lentement siphonnées vers une sin-gularité invisible.

Le frottement entre toutes ces poussières produit encore, pour un temps, de la lumière, de la chaleur, ce que j'absorbe par tous les pores.

Mon corps est une bonne mécanique.

Trop bonne.

Avec les éons, on y a mis tout ce qu'il fallait pour survivre à n'importe quoi.

Ou à rien, comme dans le vide.

Peu d'entre nous, au cycle de vie revu et corrigé, se souviennent d'une autre époque, quand notre race vivait collée sur la surface d'une seule planète rocheuse.

Sinon par ouï-dire.

❦

QUAND LES PREMIERS HUMAINS ont domestiqué le feu, ils se sont abrités dans des boîtes confectionnées à partir de la terre et du bois.

Quand ils ont apprivoisé la cousine Enthalpie, ils l'ont harnachée et engrangé assez d'énergie pour se décoller de la surface.

Ils se sont d'abord enfermés dans des boîtes, à cause de l'habitude. Des boîtes de conserve pressurisées et blindées pour les préserver contre les particules bourrées d'énergie qui fonçaient sur eux.

Puis médecine et microrobotique se sont unies pour modifier les corps, pour survivre hors des boîtes.

Quelle gloire que la première génération de Décollés!

Eux et elles avaient encore des bras, des jambes, un sexe qui témoignaient d'un attachement à la forme humaine de base.

Une cage thoracique blindée contre les radiations. Idem pour le crâne. Des cheveux de fils magnétisés, qui ondulaient et dessinaient leurs propres langage de signes.

Des yeux capables de percevoir tous les spectres d'ondes, ce qui a produit d'excitantes découvertes.

Et du torse se déployaient des voiles sur des dizaines et des dizaines de kilomètres carrés, vastes filets de carbone attrapant ces flux de particules qui nous faisaient si peur avant. On en fait même de bon repas, de toute cette énergie ambiante!

Maturation in vitro et naissance des enfants demandaient encore des boîtes, mais on y était presque arrivés.

Comme des oisillons poussés hors du nid, on larguait les jeunes Décollés en orbite, leurs ailes encore froissées, vers les bras ouverts des parents.

Leur cerveau amélioré emportait comme des petites valises les banques de ouï-dire. Ces banques de savoir humain accumulé, étaient des puits profonds auxquels les Décollés s'abreuvaient au besoin. Des nouveaux organes greffés facilitaient la communication et l'écoute sans cordes vocales. La peau renforcée de polymères avancés transmettait des sensations nouvelles.

Les Collés s'émerveillaient en observant depuis le sol ces bals de papillons célestes que le vent solaire allumait comme des aurores boréales.

❧❦

On a oublié la cousine Entropie.

On l'avait découverte, mesurée, chiffré le rythme de la lente détérioration des niveaux d'énergie.

On a jugé négligeable son effet sur les bilans d'énergie, réduisant son action à un simple contrepoint dans la trame glorieuse de l'univers.

Mais elle, elle ne nous oubliait pas.

❧❦

L'ESPRIT HUMAIN, si longtemps soumis à la barre d'un horizon qui s'est imposé jusque dans nos arts figuratifs, ne pouvait appréhender une vie en trois dimensions avec les étoiles pour tout paysage.

Tous les habitants des planètes colonisées n'ont pas voulu se décoller. Vivre dans le vide exigeait pour eux trop de sacrifices. Ils étaient attachés à leurs corps de chair. C'est là qu'est arrivée la première division.

On s'agaçait, pour un temps : Collés contre Décollés.

Et les blagues circulaient: une fois, c'est un Décollé qui était amoureux d'une Collée et qui, pour obtenir d'elle un chaste baiser, l'a convaincue de monter au sommet d'une grande tour...

Puis est survenue la seconde division, moins drôle celle-là.

✦

QUAND ON PEUT MANIPULER à sa guise le corps et le cerveau, pourquoi s'arrêter en si bon chemin?

Les malins ne se sont pas gênés pour allonger les télomères, poivrer les chromosomes de groupements de protéines novateurs, multiplier les neurones, jouer dans les régimes de transmission des axones pour étirer la perception psychologique du temps.

Très pratique, ce temps ralenti, pour changer de système solaire sans coup de vieux férir.

Au diable la déchéance et la dégradation promise par la cousine entropie!

Quand des milliers d'années passent comme un long clin d'oeil, même la vitesse de la lumière cesse d'être une limite contraignante.

Mais cette trop longue vie a instauré la deuxième grande division de l'humanité.

≈≪

Les Décollés de la deuxième génération se sont rendus utiles : ils ont d'abord convoyé des boîtes et des boîtes de Collés en hibernation, destinés à s'enraciner à la surface de futures colonies et à les couvrir de population grouillante.

Réacteurs et boucliers ont poussés sur les Décollés, pour se moquer des déchets cosmiques.

Arrivés à destination, les Décollés relâchaient leur cargaison et poursuivaient leurs chemin, buvant la lumière des étoiles, engrangeant les connaissances.

Les disputes entre Décollés étaient rares, vu les besoins réduits et l'éparpillement de notre groupe sur des parsecs de volume.

Plusieurs Décollés se sont murés dans une glorieuse solitude, sommeillant au sein de nébuleuses lointaines.

On a peu à peu perdu de vue les Collés.

Leur cycle de vie, même étiré sur trois ou quatre siècles, restait trop rapide pour nous. Impossible de s'attacher à une personne. L'amitié de ces fourmis bipèdes se fanait trop vite.

Seuls les *ouï-dire* perpétuaient le souvenir d'un de ces grains de poussière humaine.

On a tous pleuré des larmes de cristal quand la supernova qu'est devenu le Soleil à la fin de sa vie a consumé notre berceau.

Avec un autre Décollé ou en solitaire, j'ai assisté aux évolutions des étoiles, chaque nova une apothéose, qu'on aurait applaudi si nos corps avaient eu des organes préhensibles.

J'ai aussi assisté aux naissances et morts de civilisations. Des dizaines de milliers de fourmilières se sont élevées puis se sont écroulées, des empires ont ensanglanté les bras galactiques de leurs disputes.

Dégoûtés, des nouveaux Collés, leurs corps à peine reconnaissables, ont choisi de rejoindre la paix du vide.

❧

ON S'EST TOUS AMÉLIORÉS depuis la génération-papillon.

Un papillon n'aurait pu se tenir comme je le fais, au-dessus du grand tourbillon, captant les rayons X projetés par les pôles du trou noir, réfléchissant à la lente évaporation qui le guette.

Un Collé, s'il en restait encore, aurait l'air d'un grain de poussière sur mon épiderme.

Un Décollé de première génération ressemblerait à une mouche écrasée sur le pare-brise de mes yeux. Ces comparaisons me viennent, grâce à mes immenses banques de ouï-dire.

Un petit cerveau de Collé de cinq kilos ne saurait loger tout ce dont il a besoin pour se construire une vie intérieure qui s'étire sur des éons. Et trente milliards de neurones ne suffiraient jamais à conserver la mémoire de notre lointain passé.

Paradoxalement, ce sont les Collés récents, ceux fuyant les guerres galactiques, qui ont apporté avec eux cette volonté de se souvenir de ce que fut notre race.

Je contemple le cosmos (ou ce qu'il en reste) à travers mes yeux qui parsèment la sphère aplatie de mon corps.

Les yeux : oublier les cils, iris et pupilles des corps d'antan. Des puits opaques, qui fouillent sans cesse. Et puis, pourquoi se contenter de deux quand plus de huit millions balaient l'espace dans tous les registres avec une redoutable efficacité?

Idem pour les longs cheveux d'ange des premiers Décollés. Mon épiderme plissé capte l'énergie cinétique de toutes les poussières cosmiques qui s'y écrasent.

Un vieux Décollé comme moi a laissé derrière elllui ces considérations esthétiques. Je suis à peine distinct d'une planète.

Je lance mes filets d'atomes de carbone pour puiser à même l'immense source de radiations du centre galactique.

Je consomme peu d'énergie. Conscient du bilan déficitaire de l'univers, je m'interdis de trop nourrir la cousine Entropie.

Toute société gagne en richesse avec l'arrivée de nouveaux membres. Si certains Décollés de la première et deuxième génération les craignaient, la plupart ont accueilli et aidé les rescapés des guerres galactiques.

Ce ne fut pas une mince affaire, car il a fallu ré-accélérer notre temps cérébral pour pouvoir communiquer avec cette troisième génération, jusqu'à ce qu'elle s'adapte.

Mais ça valait la peine.

Ce sont les rescapés qui, forts de millénaires d'évolution des sciences, ont apporté de nouvelles techniques pour sonder le coeur et les reins de l'univers.

Elluis ont harnaché, non pas la cousine Enthalpie, mais une grande tante de poids : la gravité elle-même.

Mais ce n'est pas tout : assagis par les conflits incessants de leur période collée, les rescapés ont appris à écouter. Mettant à profit leur temps psychologique ralenti, elluis ont tendu l'oreille.

D'autres conversations animaient l'espace.

Jeux de taches sombres et de jets, flux d'ions et d'ondes gravitaires, cris du coeur de supernovae, des centaines de milliards d'êtres jasaient entre eux.

Si nos cerveaux idiots ont pu se construire à base de carbone et d'hydrogène dans une soupe chimique, leurs neurones animés à coups d'impulsions électriques, combien plus les immenses soupes de métal en fusion ont pu s'assembler une conscience!

Les étoiles se parlaient.

☙❧

Dans la grande ville galactique, gravitaient des divas bleues, des jaunes conformistes de la séquence principale, des petites brillantes à neutrons, de ternes naines rouges, des trous noirs muets.

Il y avait les agitées entassées dans un centre-ville bruyant et celles qui déprimaient dans leurs lointaines banlieues, au bout des bras galactiques. Des comètes itinérantes les visitaient, messagères sans initiative aptes à se laisser capturer par des astres plus lourds.

Certaines étoiles éaient trop généreuses. Les Wolf-Rayet massives brûlaient leur hélium par les deux bouts, générant un voile de poussières ardentes éjectées à 2000 km par seconde. Les voisines attendaient patiemment la crise finale.

Au bas du spectre social, une grande masse de naines brunes et noires se refroidissaient dans l'obscurité.

Entre ces extrêmes, les étoiles jaunes cherchaient le sens de la vie, échangeaient des blagues de trous noirs, comptaient leurs planètes et se vantaient de la grosseur de leur systèmes respectifs.

Quand les Décollés sont parvenus, à coups d'émissions bien ajustées, à communiquer avec elles, les étoiles se sont émerveillées de découvrir la progéniture qu'une de leurs planètes, maintenant disparue, avait porté.

La nouvelle a pris cent mille ans pour se propager dans tous les quartiers de la galaxie.

Mais le plus émouvant était d'écouter les étoiles mesurer la fuite des villes où gravitaient leurs soeurs, et s'attrister du délai grandissant de leurs réponses.

La cousine Entropie travaillait dans l'ombre.

⚜

L'UNIVERS, S'EN MOQUAIT, lui, des Collés ou des Décollés, des grandes bleues ou des naines rouges : il poursuivait son petit bonhomme d'expansion.

Et la température du grand vide infini, elle, continuait de baisser.

La cousine Entropie nous veut tous pareils, partout.

Glacés.

Absolument glacés.

⚜

LES BELLES GÉANTES BLEUES ont été les premières à disparaître.

Ici et là, leur chant du cygne éclatait; ces hyper-divas répandaient sur des parsecs les voiles rosés de leur pouponnière d'étoiles.

Les nouvelles-nées qui leur ont succédées ne pesaient pas assez lourd pour être plus que des naines jaunes.

Les conversations des étoiles ont pris un ton plus angoissé. Leurs soeurs des autres cités en fuite étaient désormais si distantes que leurs derniers messages restaient sans réponse.

Les blagues de trous noirs se sont éteintes.

Les naines jaunes se montraient les plus pessimistes. Peu parmi les jeunes étoiles parvenaient à se former un système de planètes dignes de ce nom.

Des disputes envenimées éclataient entre binaires. Des naines blanches vampirisaient leur compagne pour s'acheter un peu de temps.

Les inquiètes se passaient des trucs pour allonger leur vie, sans songer qu'une astuce qui fonctionnait pour une naine jaune était une catastrophe pour une Wolf-Rayet. Et les quasars n'écoutaient personne, trop occupés à crier de longs poèmes perçants pour cacher leur angoisse existentielle.

Les étoiles ne se résignaient pas plus à mourir que les humains.

Il faut avoir entendu les battements de coeur d'une géante rouge qui tente de ranimer sa fusion d'hydrogène en hélium, alors qu'elle arrive au bout de ses réserves.

Son coeur se contracte encore plus.

À cent millions de degrés, c'est la crise cardiaque : la fusion de l'hélium en carbone et en oxygène précipite l'effondrement. L'étoile se gonfle encore, puis expulse ses couches externes en un grand cri.

La merveilleuse conscience tissée au cours des milliards d'années est écrasée, transmuée en fer inerte. La naine blanche qui subsiste ne garde aucun souvenir de son existence précédente.

Quatre ou cinq milliards d'années plus tard, la génération pessimiste d'étoiles jaunes s'était éteinte, laissant derrière elles des naines plus petites encore. Leurs robes de poussières stellaires étaient désormais trop ténues pour se former en un cortège de planètes.

Les naines rouges, les plus vieilles étant nées peu après le début de l'expansion, perduraient comme des lanternes sourdes.

Peu brillantes et isolées les unes des autres, elles n'avaient pas beaucoup de conversation.

Même avec une patience de Collé, on se fatigue vite des « Alors, ça boume? » « Et toi, ça tourne? »

ॐॐ

LA COUSINE ENTROPIE s'est rappelée au bon souvenir des derniers Collés.

À mesure que les naines rouges et les étoiles en banlieue de la galaxie s'éteignaient, le froid a forcé les civilisations survivantes à migrer vers l'îlot de chaleur du centre-ville.

Des guerres féroces ont éclaté entre les factions de Collés pour le contrôle des meilleurs territoires. Elles ont duré des centaines de millénaires : un clin d'oeil à notre échelle.

Les Collés s'accrochaient aux étoiles vacillantes du centre ville avec l'énergie du désespoir (un concept que la cousine Entropie ne pourrait comprendre).

Nous aussi, les Décollés, avons dû fuir les mouroirs que sont devenus les bras galactiques.

Circuler parmi une multitude de corps éteints était devenu risqué. Sans la courbure de la lumière des étoiles pour les repérer, les trous noirs devenaient des voleurs sans scrupules. Éviter de glisser dans leur invisible puits d'attraction requérait des sens gravitaires coûteux en énergie.

J'ai dû me résoudre à faire mes adieux à mes vieilles banlieusardes. Le quartier fout le camp, qu'elles ont soupiré en se refroidissant.

Enveloppé de leurs manteaux de poussière, je suis allé m'établir au centre ville, un petit transit de huit millions d'années.

࿇

JE DANSE DÉSORMAIS au-dessus du corps supermassif qui attire en lui une spirale de poussières lumineuses, vivotant du puissant rayonnement qui s'échappe périodiquement de ses pôles.

À la dernière scène de notre grain d'univers, chacun a ses manières à table.

À cent parsecs de ma position, une grande pièce de monnaie argentée tourne une face vers le trou noir, pour maximiser l'énergie captée. Son diamètre aurait englobé l'orbite de l'ancienne Terre.

Ce Décollé est si mince que la lumière du centre galactique le traverse. Ce faisant, les variations d'épaisseur de sa matière soulignent un profil couronné de feuilles. Ma banque de ouï-dire identifie un empereur romain.

Aurait-il imaginé, cet Auguste antique et Collé, l'ampleur stellaire de ce testament artistique?

Je reconnais la manifestation du devoir de mémoire, cher aux Décollés de troisième génération, ceux qui se sont construit sur les ruines des mondes détruits par les guerres.

༂⚬◌

L'AGITATION DU CENTRE-VILLE s'est amoindrie. La proximité de l'immense puits gravitationnel ralentit nos sens.

Tournés vers l'extérieur, les résidents commentent la fuite des autres galaxies, leur dentelle d'un rouge de plus en plus foncé.

À un éon donné, les derniers picots pourpres ont disparu de notre horizon. Même le meilleur réseau oculaire, celui de la pièce de monnaie géante, ne peux qu'imaginer leurs point de disparition. Des malheureux photons nous atteignent encore, à bout d'infra rouge : leur longueur d'onde dépassant le diamètre de l'ancienne Voie Lactée.

Mes banques de ouï-dire ont évalué la taille actuelle de notre univers à bout de souffle.

Sa circonférence a dépassé le trillion d'années-lumière.

Le ciel est vide.

༂⚬◌

NOTRE GALAXIE D'ÉTOILES MOURANTES est dorénavant seule. Les dernières naines rouges s'éteignent doucement.

La météo nous annonce un petit 0.05 degré Kelvin.

Quand il n'est plus resté qu'un amas des corps glacés, Collés et Décollés se sont retrouvés dans le même bateau (si j'ose dire).

La nef regroupant vingt milliards de Collés est à peine distincte de la pièce de monnaie géante.

Nos temps psychologiques sont encore éloignés, mais les Collés n'ont pas lésiné sur les améliorations. Leur spécialité a porté sur les environnements-valises.

Pour se faire une idée de leur aspect, imaginez un grand orbe aplati, transparent, rempli de milliards de petites bulles se côtoyant dans un épais liquide amniotique.

Chaque bulle est un Collé. Enfin, je devrais dire un ex-Collé, son corps translucide gonflé autour de sa biosphère pensante, yeux et sens tournés vers les autres.

❧

Après huit cent quatre-vingt-sept milliards d'années, les nouveaux sujets de conversation se font rares.

« Eh, l'Auguste, t'es mort? »

« Pas encore refroidi, vieux con? »

❧

On se distrait en révisant l'histoire, en comparant nos ouï-dire. De temps à autre, un bref éclair d'info est émis par les Collés, mais leur cycle de microbe est trop rapide.

Le froid nous envahit à mesure que notre énergie interne baisse.

On se réchauffe comme on peut en captant les jets de rayons X émis par les pôles du trou noir. Mais il ne faut pas se tenir trop près de l'axe : plus d'un Décollé s'est pris une surdose de rayons X en pleine poire.

On se frotte les épidermes pour gagner un brin d'énergie. Évidemment, on paie en matière perdue ces petits moments d'égarement.

Ça regarde mal pour l'avenir.

Quand la cousine Entropie aura fini de faire évaporer le trou noir galactique, le rideau va tomber sur le dernier acte.

En fait, le rideau va geler tout raide au zéro absolu.

❧⋯❧

JUSTE QUAND L'IDÉE DE LAISSER LE SUPERMASSIF du centre ville me comprimer en un tout petit grain me tentait sérieusement, la colonie de Collés a réalisé une découverte inattendue.

Nos cousins lointains ont réussi à décoder les émissions du trou noir. Un exploit permis par leur courte vie, vu que pour nous, ces émissions étaient à peine perceptibles.

La singularité s'est avérée une bavarde de premier ordre, comme pour compenser le silence des étoiles englouties dans sa masse.

Toute une intelligence bouillonne sous son horizon secret. Chaleur et lumière y tourbillonnent sans trop de déformation, vu que sa taille immense atténue l'effet de marée.

On a alors compris ce que, tous ces éons, la cousine Entropie gardait dans sa manche.

Un as de pique.

Un as noir comme cette énergie qui avait mystifié les savants d'antan!

Avec sa cousine Enthalpie et la tante Gravité, elle nous concoctait de longue date un superbe gâteau mille-feuille.

Loin d'être une sale égoïste, la cousine Entropie escamotait entre ses doigts l'excès de désordre pour percer un petit trou de rien du tout, entre deux membranes qui ont cessé d'être théoriques.

Là où finit un univers, un autre commence.

Tous les globes galactiques se fichaient bien des distances grandissantes et des années lumières. Leurs singuliers coeurs tissaient des toiles de cordes dimensionnelles.

Il faut juste avertir gentiment notre centre galactique quand on sera prêts à plonger.

Et ne pas faire de blague de trou noir.

❧❧

DÉCOLLÉS ET COLLÉS SE PRÉPARENT pour le grand déménagement.

L'Auguste a enveloppé l'orbe des Collés dans son immense corps. Tous les Décollés s'agglutinent autour, comme si les Collés étaient un petit oiseau fragile.

L'humanité réunie va se laisser tomber près du pôle, hors du cône d'émission. Puis notre groupe profitera d'une accalmie des rayons X pour se glisser sous l'horizon secret.

Le trou noir nous conseille de ne pas trop attendre, vu que la manoeuvre pour nous translater dans un bébé univers requiert un maximum de masse.

Je ne sais pas de quoi aura l'air l'autre côté. Je les imagine, les cousines Enthalpie et Entropie, se baignant dans une immense fontaine blanche.

Notre marche vers l'horizon va engloutir un court millénaire ou deux.

Alors que l'humanité s'ébranle, j'ai un petit pincement au coeur.

Ce n'est jamais facile de quitter le centre-ville.

FIN

Postface

CE TEXTE A FAIT L'OBJET d'une première publication dans le magazine Galaxies no 40 (galaxies-sf.com) en 2016. Jean-Pierre Laigle m'avait invitée à collaborer à un numéro thématique sur la cosmanthopie. C'est dire qu'on voit très, très loin dans l'avenir...

Je me suis donc demandé à quoi ressembleraient des humains de (très) longue vie. Des humains qui assisteraient à l'évolution de l'univers en expansion qui, selon les lois de la thermodynamique, se refroidit graduellement («heat death of the universe»).

Les derniers humains transformés se tiennent sur les bords du trou noir au centre de la notre galaxie, et se nourrissent des rayonnements aux pôles, pendant que les étoiles s'éteignent graduellement, comme une ville abandonnée.

La Cousine Entropie s'est retrouvée dans la longue liste des prix Bob Morane pour la nouvelle, et au moment d'écrire ces lignes, était en nomination pour le prix Boréal de la meilleure nouvelle 2017.

Mille mercis!

Déjà la dernière page… Merci d'y arriver!

Vous avez aimé?
Partagez vos impressions sur vos plateformes
favorites! Ainsi, l'auteure gagnera de nouveaux
lecteurs et lectrices.

À propos de l'auteure

QUAND ELLE N'ESSAIE PAS de communiquer avec des fleurs inconnues, Michèle Laframboise écrit des histoires de science fiction. L'ex-savante folle (diplômée en géographie et en génie civil) a publié 18 romans et plus de 45 nouvelles, récoltant plusieurs distinctions et prix littéraires.

Ses nouvelles sont parues dans les magazines *Solaris, Carmilla, Galaxies, Géante Rouge, Brin d'éternité, Tesseracts, Fiction River, Compelling Science Fiction* et *Abyss&Apex*. Elle a été traduite en anglais, en italien et en russe.

Dessinatrice enthousiaste, Michèle a créé une douzaine de BD et entretient un blog illustré. À la plume ou au pinceau, elle concocte des intrigues captivantes et des mondes empreints de poésie.

Site officiel: www.michele-laframboise.com

Blog de science et d'humour: savantefolle.wordpress.com

Site de l'éditeur:

www.echofictions.com

Pour recevoir des nouvelles et des comptes-rendus amusants
de ses lectures, inscrivez-vous à sa lettre:

michele-laframboise.com/fans

Collection Echovisions

Echovisions publie des œuvres de
socio- et de science-fiction dystopiques

Collection Formidables

Les Formidables célèbrent avec humour et panache
la diversité de la vie!

echofictions.com/collections/formidables

Autres livres de Michèle

Change ou meurs!

Science-fiction / humour / Premier contact

Les Loongunis ont besoin de fluctuations continues pour s'épanouir, tandis que leurs visiteurs humains supportent mal cette incessante bougeotte. Quand un sabotage met fin aux permutations de leur Boîte de voyage, les Loongunis contraints à l'immobilité risquent de sombrer dans la folie... à moins que leur linguiste ne trouve une solution!

Une savoureuse nouvelle de science-fiction par Michèle Laframboise, une des auteures les plus primées au Canada!

Comment penser à l'intérieur de la boîte
978-1-988339-44-3 (imprimé)

Piégée dans le plus bel endroit sur terre...

Humour / mystère / Ornithologie

Équipée de son guide Sibley, et ses fidèles jumelles, Amanda Byrd poursuit sans fatigue les oiseaux les plus insaisissables.

Sur les traces de son défunt mari, Amanda explore à l'aube un étroit canyon. Alors qu'un magnifique Condor de Californie survole le site, elle découvre avec horreur l'ascenseur détruit, piégeant leur groupe de touristes au fond. Qui a commis ce sabotage, et pourquoi?

L'intrépide ornithologue doit trouver une solution avant que le canyon ne devienne une fournaise mortelle...

Un court récit mettant en scène l'énergique Lady Byrd, écrit par Michèle Laframboise, observatrice d'oiseaux à ses heures.

Condor Canyon 978-1-988339-15-3 (imprimé)

Vous ne pourrez oublier Malak...

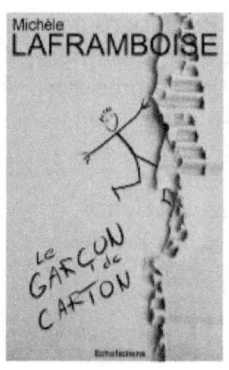

Drame / aide humanitaire / mondialisation

Théo, un travailleur humanitaire désabusé, interroge un garçon employé dans une usine de carton. La maturité et la résilience du jeune Malak, évoluant dans ces conditions difficiles, l'impressionnent.

Quand le garçon, du même âge que son fils, disparaît, Théo ne peut pas l'ignorer et laisser tomber. Sa quête de vérité soulèvera plus de questions que de réponses sur les pièges de l'aide structurée et des privilèges acquis.

Un drame psychologique sur fond de mondialisation, raconté par Michèle Laframboise, auteure plusieurs fois récompensée pour ses œuvres.

Le garcon de carton

978-1-988339-29-0 (Imprimé)

Plus de livres à découvrir chez Echofictions.com

Liste d'amitié

Une histoire lie chaque personne dans une chaîne d'amitié. Sentez-vous libre d'écrire votre nom avant de faire cadeau de ce livre à quelqu'un d'autre.

❧

_____

_____

_____

_____

_____

_____

_____

_____

Encore faim de lectures?

La bibliographie complète de Michèle Laframboise a de quoi satisfaire l'appétit des lecteurs de tous âges!

michele-laframboise.com/publications/

Et... d'autres histoires bourgeonnent sur Echofictions.com!

Pour recevoir des textes inédits, des entrevues et des surprises, joignez-vous à sa joyeuse bande de fans :

michele-laframboise.com/fans

Étant elle-même très occupée, l'auteure vous écrira pas plus d'une fois par mois!

www.ingramcontent.com/pod-product-compliance
Lightning Source LLC
Chambersburg PA
CBHW020609130626
46552CB00007B/3114